LENZ / JUGENDTAGE
reihe refugium 14

Hermann Lenz
JUGENDTAGE
Erzählung

Verlag Thomas Reche

1 9 9 3

JUGENDTAGE

Es regnete in München. Ich mietete ein Zimmer in der Nähe der Pinakothek. Es lag in einem Mietshaus, und im Erdgeschoß war ein Büro. Die Mädchen, die dort Schreibmaschine schrieben, kamen über Mittag zu meiner Wirtin herauf und tranken in ihrer Küche Kaffee; das Gelächter klang oft bis zu mir herüber. Meine Wirtin schneiderte. Eine Frau Landrätin ließ sich einmal ein Kleid machen, und als ich abends in die Küche kam, empfing mich lautes Kreischen. Die kleine runde Frau trat hinter die Tür, weil sie noch im Unterrock war. Manchmal kamen auch zwei Schwestern zu Besuch; von denen war die ältere mit einem Offizier verlobt. Sie sagte, daß ich zu ihrer Hochzeit kommen müsse, doch wurde der Termin immer verschoben. Die Emmy aber war die dunklere von beiden. Sie sagte zu meiner Wirtin, ich hätte schöne Augen. Und dann traf es sich, daß abends ihre Mutter kam und mich anschaute. Ich stand in Hausschuhen vor ihr.
Außer mir waren noch andere Untermieter da, und wenn ich Ruhe haben wollte, fing im Nebenzimmer der Schauspieler Friese laut zu deklamieren an. Ich ging hinüber, sagte, daß er still sein müsse, weil ich arbeiten wolle, doch er meinte, sein Beruf sei halt das Deklamieren. Ob ich eine Zigarette rauchen wolle? Und ich rauchte mit ihm eine Zigarette.
Abends hörte ich dann hinter der Wand Reden, Lachen und Grammophonmusik. Da unterhielt er sich mit einer Frau Trautschold, die auch hier wohnte und jeden Sonntag von einem Soldaten besucht wurde. Der habe aber nichts mit dieser Frau, versicherte Herr Friese und

schenkte dem Soldaten eine Handvoll Zigarren. Vor meinem Zimmer ließen beide einen Böllerschuß los, und ich lachte mit den Herren.

Der Schauspieler mußte ausziehen, weil er die Miete nicht bezahlen konnte. Nach ihm zog ein Herr mit rotem Backenbart in Frieses Zimmer ein, begleitet von einer zierlichen Sängerin. Die stellte er als seine Frau vor, doch gab sie später zu, daß sie ihm nur den Haushalt führe. Der Herr im roten Backenbart schrieb als Beruf „Student" in den polizeilichen Anmeldezettel und setzte ein Geburtsdatum ein, das ihn so jung machte wie ich jung war. Nachts brannte er bis vier Uhr Licht, und wenn er fortging, schloß er seine Stube ab. Trat man aber bei ihm ein, so saß er am Schreibtisch und legte sich die Karten. Dies erzählte meine Wirtin, und es beunruhigte sie. Einmal, als ich bereits im Bett lag, hörte ich sie draußen schimpfen. „Ich hab doch immer anständige Leut gehabt!" rief sie aus, heulte und putzte sich die Nase; dann schlug sie ihre Zimmertür hinter sich zu. Am andern Morgen rief sie mich auf den Gang hinaus. Dort standen zwei Handkoffer und ein Schließkorb, an sich nichts Besonderes. Sie sagte, die würden immer dienstags abgeholt, und jede Woche sei das so. Die Koffer kämen schon am Donnerstag zurück, jedes Mal aus einer anderen entlegenen Ortschaft; weshalb ich zu ihr sagte: „Melden Sie's der Polizei. Was glauben Sie, welche Belohnung Sie bekommen, wenn es Schmuggler sind." Sie folgte meinem Rat, der nicht ganz ernst gemeint war. Und als die Koffer dann geöffnet wurden, war schmutzige Wäsche drin.

Wenig später kam Albert nach München. Auf seinem Schreibtisch stapelten sich Bücher. Wir plauderten am

Fenster seiner Stube, die hoch über der Stadt gelegen war, und suchten uns die Vorlesungen aus, die wir belegen wollten. Ich beneidete Albert um seine makellosen Zähne, die ebenmäßiger als meine waren. Der kühle Abend wehte aus dem weiten blauen Himmel in sein Zimmer, und Sommerwolken standen über der grünen Kuppel der Theatinerkirche, die wie die Flügeldecke eines Käfers glänzte.
Wir gingen dann noch in die Oper, wo wir uns auch später manchmal trafen. In der Pause rauchten wir im Freien Zigaretten, gingen auf und ab, unterhielten uns und lachten. Der Nachtwind kam in lauen Stößen über den Platz her. Oder wir traten um die Mittagszeit aus der kühlen Universitätsvorhalle auf die Anlage hinaus, wo Linden rauschten und der Brunnen seinen Wasserhelmbusch schüttelte. Dahinter klingelten die Straßenbahnen.
Wir gingen in die Kaulbachstraße, wohin ich umgezogen war und wo ich auch ruhiger wohnte. Dort zeigte ich ihm den Brief eines Redakteurs, an den ich Gedichte gesendet hatte, denn ich machte damals Gedichte. Und da schrieb mir also jener Herr, er habe es selbst auch nicht besser gemacht, als er angefangen habe, Gedichte zu machen; er schicke mir deshalb die meinigen mit aufrichtigem Dank zurück.
Das sei ja fabelhaft, sagte Albert. Und dann ging er fort und kam mit einer Flasche im Arm wieder. Wir feierten den Brief, obwohl er keine Zusage enthielt und meine Gedichte nach wie vor ungedruckt blieben. Aber ich glaube, daß Albert nur deshalb die Flasche brachte, damit mir all dies nicht klar wurde und es mich nicht quälte.
Ich fuhr nun öfters mit dem Rade nach Schäftlarn hinaus. Dort lag ich an der Isar, wo die Weiden blühten. Seidige

Wolle fiel aus ihren Blättern, die mit roten Käfern besetzt waren. Manchmal donnerte es leise, drüben fuhr ein Auto über die Holzbrücke, oder eine Möve kam, flog über das blauglitzernde Wasser, und die Uhr schlug von der Klosterkirche.

Im Juni mußte ich nach Wien zurückkehren, weil sich meine Krankheit wieder meldete. Die linke Halsdrüse war dick geschwollen. Ich packte meine Koffer, und Albert fuhr bis an die Grenze mit. Wir saßen im Speisewagen, die Landschaft lag vor den Fensterscheiben wie ein hellfarbiges Bild, und wir bestätigten einander, daß wir die weitaus elegantesten Leute im Wagen seien.

In Wien empfing mich meine Mutter. Sie war besorgt und läutete dem Doktor an. Er kam und sagte, ich müsse operiert werden. Wenige Tage später ging ich mit meiner Mutter in das Allgemeine Krankenhaus. Dort verabschiedete sie sich von mir, weil sie spürte, daß ich allein sein wollte.

Der Arzt war im gelben Gummischurz; seine nackten Arme hatten Sommersprossen. Er trug Sandalen mit Korksohlen. Er fragte mich, was ich studiere. Dann zog ich das Hemd aus und legte mich auf den Operationstisch, wo mir ein Tuch aufs Gesicht gelegt wurde. Ich spürte Stiche, als die Spritzen zur lokalen Betäubung in den Hals eingeführt wurden, und wie das Fleisch unter dem Kinn erstarrte. Dann hörte ich Bestecke klappern. Der Assistenzarzt wurde herbeigerufen, und die Schwestern kamen. Man hielt mir eine Schale unters Kinn. Den ersten Schnitt spürte ich nicht, erst als die Instrumente tiefer in das Fleisch eindrangen, schmerzte es. Ich hörte sie leise knacken, als schneide man mit einer Schere. Später wurde

ich verbunden, ich durfte aufstehen, und dann sagte der Arzt, es sei eine tuberkulöse Infektion.
Dies erschreckte mich, aber meine Mutter ließ sich nichts anmerken, als ich's ihr erzählte. Ich ging dann jede Woche einmal in das Krankenhaus. Im sonnigen Hof blühten Sommerblumen, und ihr Duft vermischte sich mit dem Geruch der desinfizierenden Mittel. Oben wartete ich, bis ich ins Sprechzimmer gerufen wurde. Manchmal drang Ätherduft heraus. Ich sah, wie Kranke vorbeigefahren wurden, manchmal schrien sie noch im künstlichen Schlaf, und manchmal hing ein schlaffer Arm am fahrbaren Bett herab; oder es ergab sich, daß ein Schrei oder Stöhnen aus den Sälen drang. Dann wurde mir der Verband aufgeschnitten und die Wunde mit dem antiseptischen Stift gebeizt.
Zu Hause lag ich oft auf dem Balkon. Ich roch einen Geruch wie von Verwesung aus dem eiterigen Ausfluß meiner Wunde. Er vermischte sich mit dem des sommerlichen Gartens, dem Duft des abgemähten Grases oder mit dem stärkenden Duft frischer Früchte, wenn die Mutter mir Erdbeeren brachte. Im August besserte sich meine Krankheit und es wurde mir erlaubt zu reisen; aber dann kam ein Rückschlag. Ich blieb in Wien, an unserer Straße blätterten die Rosen auseinander, weil sie niemand schnitt, die Jalousien vor den Fenstern waren herabgelassen und verstaubten.
Ich las damals Gedichte eines Mannes names Blatter und wagte es, an ihn zu schreiben. In meinem Brief fragte ich, wo ein Privatdruck von ihm zu haben sei, zögerte aber lange, bis ich den Brief abschickte. Ich schrieb ihn mehrere Male um und suchte das Haus, wo Blatter wohnte.

Ich war im Zweifel zwischen zweien, die ähnlich ausschauten und keine Nummern hatten, bis ich im vorderen Gärtchen Blumen sah. Daran erkannte ich sein Haus, nur dort konnte Blatter wohnen, weil ich in seinen Gedichtbüchern viele Verse auf Blumen gefunden hatte.
Ein paar Tage später schrieb er, ich solle zu ihm kommen, aber vorher wäre es wohl besser, wenn ich ihn anläuten würde, damit er auch zu Hause sei. Das tat ich, und er sagte, nachdem ich ihm am Telephon Auf Wiedersehen gesagt hatte: „Ich freue mich, Sie zu sehen."
Ich war aufgeregt, weil sich dies alles rasch ergeben hatte, nun, da ich mit meinem Halsverband keinen besonders eleganten Eindruck machen konnte. Die Mutter aber sagte: „Er wird sich trotzdem freuen, Stephan." Und sie wickelte mir meine weiße Binde straffer unterm Kinn zurecht, so daß sie wie eine Halskrause aussah, wenn man nicht genau hinschaute. Dann schlenderte ich vor das Haus und läutete. Ein rotbackiger Bub mit blondem Haarschopf führte mich ins Wohnzimmer hinein, das mir merkwürdig vorkam, weil am Fenster nicht weit vom Schreibtisch ein Webstuhl stand. Ein handgewobener Vorhang bedeckte einen Teil der Wand, die Möbel waren teils modern, teils stammten sie aus alten Zeiten, und am Bücherregal sah ich, daß es früher einmal Glastüren gehabt hatte.
Dann kam Herr Blatter, ein untersetzter Herr mit dunkeln Augen, einer scharfen Falte in der Stirn und einer Hornbrille. Ich hatte ihn mir milder vorgestellt. Er fragte nach meiner Krankheit, wollte wissen, wie die Operation gewesen war und sagte, seine Frau habe so etwas auch mal durchmachen müssen. Doch dann erzählte er von

den Romanen, die er, um Geld zu verdienen, für Zeitungen schrieb und zeigte mir seine Bilder, die aus der Zeit stammten, als er Zeichenlehrer einer privaten Handelsschule in Innsbruck gewesen war. Ich sagte, sie erinnerten mich an van Gogh. Auch dies war nach seinem Sinn, und er erzählte, wenn der Gerichtsvollzieher zu ihm komme, schaue er nur auf die Rahmen; die Bilder aber sehe er nicht an. Ob dies öfters vorkomme, fragte ich, und er nickte, worauf er seine Pfeife in Brand setzte.
Später wich meine Befangenheit, nachdem ich Blatter mehrmals besucht hatte. Trotzdem spürte ich bei ihm etwas, was mich fremd berührte, wußte aber nicht, woran es lag. Wie Herr Blatter manchmal über das Gedichtemachen redete, als ob es für ihn halt ein Handwerk sei, das wollte mir nicht recht gefallen. Er sagte, daß er alles mit der Schreibmaschine schreibe und jetzt wieder einen Zeitungsauftrag für einen Roman habe, dem er nachkommen müsse, freilich nur des Geldes wegen.
Seine Frau war deutlich jünger als er. Sie wob Anzugstoffe und verkaufte sie. Sie war laut und fröhlich und gefiel mir. Ich trank bei ihnen Tee, Herr Blatter war im weißen Leinenanzug, und erst später sprachen wir von den Gedichten, die er machte. Es war abends, und er fragte, welche es nun seien, die mir gut gefallen hätten, worauf ich ihm ein paar seiner Verse sagte, die ich liebte, weil sie einfach waren und alles so ausdrückten, wie man es empfand. Ich spürte, daß er sich darüber freute. Er rauchte seine Pfeife, der Rauch strich an meinem Gesicht vorbei und verlor sich in der kühlen Luft. Seine beiden Buben saßen neben mir, der kleinere spielte mit einer Katze und lehnte sich an mich.

Ich wagte es im folgenden sogar, Herrn Blatter meine Gedichte zukommen zu lassen, nachdem er zu mir gesagt hatte: „Sie machen doch auch welche. Also lassen Sie mal ein paar sehen." Ich schob sie in seinen Briefkasten, worauf er mich anderen Tags anrief, sich bedankte und mich einlud, wieder mal zu ihm zu kommen.
Ich ging zu ihm, und er empfing mich im Schlafzimmer, weil die Wohnstube frisch tapeziert und geweißelt wurde. Zwischen den Ehebetten stand sein Schreibtisch, und er sagte, ich könne mich guten Gewissens auf eines der beiden Betten setzen. So plauderten wir dann über meine Gedichte, er saß am Schreibtisch, und ich rauchte neben ihm eine Zigarette. Die Gedichte fand er „recht anständig" und bemerkte, wie es bei mir weitergehe, das könne er nicht sagen; mein Weg aber sei der richtige. Man müsse beim Versemachen ganz natürlich sein, sagte er, und ich stimmte ihm zu.
Im Dunkelwerden gingen wir dann durch den Belvederegarten und trafen meine Mutter. Ich stellte ihr Herrn Blatter vor. Die Lichter wurden angezündet, ich hatte das Gefühl, als verstünde sich meine Mutter mit Herrn Blatter. Wir trennten uns am Schwarzenbergplatz, wo der Hochstrahlbrunnen seine Wasser in die Abendluft emporstieß und vom Kursalon herüber die Musik einer Kapelle klang.
Es ging mir damals besser, meine Halswunde heilte langsam, so daß wir Anfang September reisen konnten; ich fuhr mit meiner Mutter an den Bodensee. Wir wählten Konstanz, eine Stadt, die ich sehr liebe; denn vom Insel-Hotel hat man einen beruhigenden Blick über den See. Sonntags sind die Dampfer mit farbigen Wimpeln ge-

schmückt, und wenn der Wind von Osten weht und sie vorüberziehen, hört man ihre Schaufelräder rauschen und die fröhliche Musik vom Deck herübertönen.
Wir bekamen Zimmer nach dem See. Dies erinnerte die Mutter anfangs an das Frühjahr in Venedig, wo mein Vater sie verlassen hatte; aber es verlor sich bald, und sie lebte auf. Sie zog sich ja schon immer gern schön an, doch jetzt verwendete sie sogar manchmal Rotstift für die Lippen. – „Gefall ich dir?" fragte sie dann. Morgens erneuerte sie meinen Verband, der jetzt nur noch ein Streifen Leukoplast mit ein wenig weißer Gaze war. Dann machten wir uns für das Frühstück fertig; doch die Mutter hatte vorher immer noch etwas an ihrem Haar zu richten oder nachzusehen, ob sie auch ganz tadellos geschminkt war.
Dort sah ich dann einmal ein Fräulein im hellgrünen Kostüm am Fenster sitzen. Sie kehrte uns den Rücken zu und schrieb, sie schien sich um niemanden zu kümmern. Und als ich anderntags mit meiner Mutter unten am Strand bei den Badehütten auf den matten See hinaussah, lag sie nicht weit von uns im Badeanzug im Sand und hatte ihre Lider mit Silberpapier bedeckt, damit sie vor der Sonne geschützt waren.
Ich wurde mit ihr bekannt, nachdem wir uns öfter gesehen hatten; denn man lernte bald die Lebensgewohnheiten der wenigen Leute kennen, die jetzt noch im Hotel beisammen waren, und auf die ihren paßte ich besonders auf. So wußte ich, sie liege vormittags am Strand, rauche Zigaretten oder hole sich eine Tasse Kaffee. Ich ging nun ab und zu an ihr vorbei. Und einmal stieß mein Schuh an ihr Kaffeetablett, welches sie neben sich im Sande hatte; das Milchkännchen fiel um und spritzte seinen Inhalt auf das

graue wollige Tuch ihres Bademantels. Sie sagte: „Ach, sind Sie mal ungeschickt!" Ich entschuldigte mich, worauf sie bemerkte: „Nun, so helfen Sie mir wenigstens und halten einen Augenblick die Zigarette." Dann stand sie auf, schüttelte den Bademantel aus, während ich ihre Zigarette hielt, die aber hernach so stark abgebrannt war, daß sie sie nicht mehr weiterrauchen wollte. — „Werfen Sie sie weg", sagte sie und streckte sich wieder im Sande aus.
Dann setzte ich mich neben sie. Sie fing an zu erzählen, auf gleichmütige Art und so, als ob sie sich selbst überdrüssig. Ihr Mund veränderte sich kaum beim Sprechen.
Sie war eine Schauspielerin aus München und hieß Lion; vielmehr man nannte sie Lion nach ihrem blonden Haar. Mit Kollegen sei sie aber nicht sehr oft zusammen, man rede ja dort immer nur dasselbe. Sie kenne deshalb ein paar Maler. Ja, mit denen sei es lustig, und einer habe jetzt ein Bild gemalt, einen Matrosen und ein Mädchen, die zusammen durch eine Gasse gehen; sie hielten sich umschlungen, aber trotzdem sei es so, als spürten sie nichts voneinander. Und das gefiel ihr.
Sie schaute, während sie erzählte, immer auf den See und hielt die Lider halb geschlossen; dazwischen reichte sie mir Zigaretten in einer roten Packung, denn sie rauchte immer, und an ihren Fingern war der gelbliche Anflug vom Rauch zu sehen; sie trug auch einen breiten silbernen Ring, der das untere Glied des Ringfingers bedeckte; wenn sie sich aufrichtete, hielt sie den Badeanzug vor der Brust zusammen, denn die Träger hatte sie über den Schultern aufgeknöpft. – „Ja", sagte sie nach einer Pause,

„ich liebe den frischen Geruch der Farben in den Ateliers und das graue Licht." Dabei schloß sie die Augen. „Und auch die Menschen", fügte sie hinzu.
Aus ihren Worten hörte ich etwas Schmerzhaftes heraus, als verwunde sie sich an den Dingen, die sie sagte. Und als ich wieder einmal mit ihr redete, kam meine Mutter vom Hotel herunter; sie ging an uns vorbei und setzte sich auf eine Bank am See. Dort schaute sie einem vorbeifahrenden Dampfer nach und wandte den Kopf in die Richtung, wo wir lagen. Und später, als der Gong zum Essen ins Hotel rief, kam sie auf uns zu. Ich bemerkte ihr schmerzliches Lächeln; dann wandte ich mich nach dem See. Ich spürte, wie sie in der Nähe stehenblieb, Lion schaute hinüber, und die Mutter grüßte sie.
Meine Mutter war freundlich zu mir in diesen Tagen; sie schonte mich, gewissermaßen. Nur als ich mich einmal im Speisesaal verspätet zu ihr setzte, sah sie auf die Seite, als ich kam, und tat wie überrascht, als ich einige Worte an sie richtete; sie sah mir in die Augen. Ich sagte dann: „Es ist eine Schauspielerin", aber sie schien nicht gleich zu wissen, wen ich meinte. – „So, eine Schauspielerin", sagte sie und schaute vor sich hin. Dann nahm sie ihre Gabel und fuhr mit dem Stiel den Umriß meiner Finger nach, als wolle sie ihn auf das Tischtuch zeichnen. – „Wenn du nur die Menschen kennenlernst, Stephan", fügte sie fast tonlos hinzu und blickte wieder durch das Fenster auf den See.
Lion sah ich jetzt täglich. Es waren helle Tage, und die Klarheit des September breitete sich aus mit ihrer wie staubigen Luft. Noch immer konnte man im Badeanzug in der Sonne sitzen, und ich erinnere mich eines Nachmit-

tags, an dem ich wieder mit Lion vor dem See plauderte. Sie streifte mit der Hand, in welcher ihre Zigarette hing, mein Knie; sie hatte lange spitze Nägel. Ich solle etwas von mir erzählen, sagte sie, aber ich antwortete: „Ich hab noch nichts erlebt." Ich kam mir vor ihr allzu jung vor.
Sie entgegnete, das dürfe man nicht sagen, und fing an, auf einer kleinen Ziehharmonika ein Lied zu spielen. Es hatte eine seltsame Betonung, und sie summte: „Wenn der Wind weht... über *das* Meer." Doch plötzlich hörte sie mitten drin auf und sagte, daß sie sehr gern reise; wenn man Autos anhalte, komme man recht weit. Und sie liebe das. „So ganz allein sein auf einer Landstraße, wenn es regnet, und man nicht weiß, wer einen jetzt mitnimmt." So fuhr sie auch mal nach Italien, um einen Dichter zu besuchen, aber dann saß sie doch nur einen Nachmittag lang auf seiner Gartenmauer. „Hineingetraut hab ich mich nicht", bemerkte sie und ließ die Hand mit ihrer Zigarette über das Knie hängen. Oder sie tanzte in Paris in einer Bar, wo nur Frauen hinkamen. „Sie können sich nicht vorstellen, was für Angebote ich erhielt; für hundert Francs, für hundertfünfzig. Und dazu von Frauen. Ja, es war schon schamlos."
Ich erzählte dann von meiner Kindheit. Mir fiel ein, daß in dem Wald um unsere kleine Stadt in der Wachau das Zittergras im warmen Winde an den Hängen geblüht hatte und daß ich dort oft mit der Großmutter gegangen war; auch ihren Tod erwähnte ich. Da mußte ich dann das Begräbnis ganz genau beschreiben, den späten heißen Nachmittag im Friedhof und den Geruch der halb verwelkten Blumen. – „Um die Erinnerung beneide ich Sie", fügte sie hinzu. Sie selbst hatte keine Beziehung zu

ihren Eltern. Ihr Vater war in China, und von einem Bruder, der in Deutschland lebte, wußte sie nicht einmal die Adresse.

Ich sprach dann begeistert von China: „Dort möchte ich schon einmal hingehn", sagte ich. „Die Lampions im luftigen Laubgitter hin- und herschwanken zu sehen, ist doch hübsch?" Und sie antwortete darauf: „Wie? Meinen Sie bei einem Bordfest? Sonst sind ja keine Lampions in China. Bei meiner Überfahrt war mal ein dicker Herr als Amor aufgemacht, so mit Flügeln und rosa gepudert. Daran erinnere ich mich noch. Und dann natürlich auch an Ihre Lampions auf Deck."

Sie lächelte und drückte ihre Zigarette in den Sand: „Oder sind Sie ein Dichter? Schau, er ist ein Dichter. Und für den gibt es selbstverständlich Lampions in China. Übrigens: Fast alle meine Bekannten machen Gedichte."

Dann wollte sie, ich solle ihr wenigstens ein Gedicht aufsagen, aber ich hatte keine Lust dazu. Sie zuckte mit den Lippen. Dann schaute sie mich an, nahm wortlos ihre Sachen und hieß mich aufstehen, weil ich auf ihrem Bademantel saß. Sie sagte mir Adieu und ging hinüber zu den Ankleidekabinen.

Später, als ich mich angezogen hatte und im Hotel nach meiner Mutter sehen wollte, traf ich Lion auf der Terrasse beim Kaffee. Ich nahm neben ihr Platz. Sie erzählte mir eine „Räubergeschichte", wie sie sagte, ein Erlebnis, das sie nachts vor Paris gehabt hatte. Ein Lastauto hatte sie mitgenommen, und so saß sie vorne bei den Fahrern. Es waren wohl echte Verbrechertypen, das könne man schon sagen, mit wulstigen Lippen und niederen Stirnen. Plötzlich hält das Auto mitten auf der Straße, und nir-

gends ist ein Licht zu sehen. Die beiden steigen aus, sie denkt: jetzt fallen sie über dich her... aber dann schauten sie nur vorne etwas am Motor nach und fuhren wieder weiter.
Sie lachte, als sie's erzählt hatte und beobachtete mich mit unbewegtem Gesicht; denn es war nur künstlich gemacht, wenn sie sich lustig gab. Im Grunde hatte alles, was sie sagte, etwas Hilfloses an sich, ihre Geschichten liefen ins Leere, es kam ja nie das Außerordentliche vor im Leben: Einer steigt aus dem Auto aus, sie glaubt, er fällt über sie her, und dann macht er bloß etwas am Motor... Und so, als wäre sie meinen Gedanken nachgegangen, sagte sie: „Ich finde es sehr schön, das Leben... Wenn man bedenkt, daß man doch jederzeit Schluß machen kann..."
Sie hatte wie mit einer Frage aufgehört. Dann erhob sie sich, und ich ging mit auf ihre Stube. Es herrschte grauer Himmel, schon begannen Tropfen da und dort zu fallen, und als wir in ihr Zimmer traten, machte sie zuerst die Fenster vor dem Regen zu. Dann setzte ich mich zu ihr auf das Bett, wo ihre Ziehharmonika lag neben ein paar französischen Zeitungen; sie räumte alles auf die Seite. Dann fragte sie, ob ich jetzt nicht ein Gedicht aufsagen wolle, und ich sagte dann auch, gleichsam willenlos, ein paar Verse, die den Herbst beschrieben, wie er mir als Kind erschienen war, nämlich fröhlich und mit frohen Farben. Sie lehnte sich zurück, während ich meine Verse leise sagte und freute sich so, wie sich seither niemand mehr über etwas von mir gefreut hat. Sie liebte mein Gedicht, weil es naiv war; warf mir Zigaretten zu, sah mich an und fragte, ob ich irgend etwas haben wolle; ich nahm

nur eine Zigarette. Ich spürte, wie sie jetzt verlangte, daß ich mich ganz hingab, doch davor schreckte ich zurück. Es war ja möglich, daß sie dann über mich lachte. Auch wenn sie meine Zärtlichkeit erwidert hätte, würde ich nie geglaubt haben, es sei echt.

Sie stand auf und öffnete das Fenster. Es regnete nicht mehr, aber ein kühler Hauch strömte ins Zimmer. Ich sah hinunter auf die Landungsbrücke. Ein Dampfer legte an, und die Rauchfahne verlor sich im grauen Himmel. Da sagte sie: „So habe ich mir immer vorgestellt, daß es aussieht, wenn jemand seinen Geist aufgibt."

Wir lachten beide nicht. Sie begleitete mich ins Hotel zurück und ging sogar mit auf mein Zimmer. Dort fand sie einen Band Storm liegen, die Novelle *Auf der Universität,* welche ich damals immer bei mir hatte und in die sie sich vertiefte. Während ich mich umzog, saß sie in der Fensternische und blätterte im Buch. Durch einen Spiegel sah sie manchmal zu mir her, es traf mich ein ruhiger Blick, und dann gingen wir in das Foyer hinunter. Dort las sie weiter, vertiefte sich in diese altmodische Novelle und schaute nur ganz selten einmal auf. Sie entschuldigte sich, daß sie mich so sitzen lasse und nichts rede; doch ich wehrte ab.

Dann schlug sie das Buch zu und sagte: „Los, wir gehen jetzt Schach spielen." Und als ich sie fragte, wie ihr das Buch gefallen habe, antwortete sie: „Als Kind habe ich Storm gerne gelesen, er hat so eine Hintertreppenromantik; doch jetzt muß ich sagen, daß ich ihn erstaunlich kitschig finde."

Später spielten wir im Lesezimmer Schach, und sie sagte: „Sie entwickeln eine Aggressivität, die ich an ihnen nicht

gewohnt bin." Ich gewann das erste Spiel. Meine Mutter schaute einmal durch die Tür und wünschte „Gute Nacht". Ich nickte ihr kurz zu. Später ging ich mit Lion zur Bar. Der Mixer fragte, was wir noch unternehmen wollten, und ich entgegnete gereizt, ob ihn das vielleicht interessiere; doch Lion war sehr freundlich zu ihm. Ich begleitete sie nach Hause, es war ihr kalt, ich gab ihr meinen Regenmantel, und wir gingen Arm in Arm. Sie plauderte jetzt fröhlich. Wir unterhielten uns darüber, was es sei, das einen bei Nacht ängstlich mache, konnten es uns aber nicht erklären. Wir kamen vor das Haus, in dem sie wohnte. Ich gab ihr rasch die Hand, und sie ging nach der Tür. Ich hatte mich kaum umgewendet, als sie noch einmal heraustrat und mir meinen Regenmantel zurückbrachte; erst dann ging ich ins Hotel zurück.
Am anderen Morgen traf ich sie früh in der Halle. Sie nahm meine Hand, spielte damit und sagte zu mir du. – „Aber ach... entschuldigen Sie...", sagte sie dann plötzlich und sah auf unsere Hände. Als sie ihre zurückzog, hielt ich sie nicht. Und abends, als die Tanzkapelle spielte, kam sie hergelaufen und erzählte, daß sie jetzt gut aufgelegt sei; sie habe, nur aus Übermut, den Bäcker herausgeläutet und eine Semmel verlangt; da sei der aber arg wütend geworden. Und sie zog mich zum Tanz fort, legte ihren Arm auf meine Schulter, und wir versuchten ein paar Walzerschritte; aber es ging nicht, sie hatte einen anderen Takt als ich, weshalb wir bald wieder ins Lesezimmer gingen, an einem kleinen Tisch Platz nahmen und Schach spielten.
In den Tagen, die nun folgten, war ich fast ausschließlich mit meiner Mutter zusammen; sie freute sich darüber.

Wir gingen miteinander durch die matte Sonne der Spätsommertage. Hinter Weiden zitterte der See wie eine Silberlinie, meine Mutter hatte ihren Sonnenschirm dabei, weshalb das rosa Licht der gespannten Seide im Gehen auch mich streifte.
So betrachteten wir einmal von der Terrasse aus den See, als meine Mutter ihren Arm frei machte und auf einen Herrn am Strande zeigte, einen untersetzten Herrn im englischen Anzug, mit Pfeife und Sportsmütze. Es war Herr Blatter. In der Nähe warfen seine Buben flache Steine auf den See, daß sie über das Wasser hüpften. Er schaute ihnen rauchend zu und war so sehr versunken in den Anblick, daß er's nicht bemerkte, als wir zu ihm traten. Doch dann begrüßten wir uns fröhlich. Seine junge Frau kam über die Straße in den Garten und rief: „Ach, da sind Sie! Wir sind extra hierher gefahren, damit wir Sie treffen!" Sie hatte schon vor einer Stunde im Hotel nach uns gefragt, aber da waren wir noch auf dem Spaziergang.
Blatters waren zuvor auf der Reichenau gewesen und hatten in einem Gasthaus gewohnt, wo nachts die Schnaken summten und der Stallgeruch durch die Wände drang, wie Frau Blatter laut erzählte, weshalb meine Mutter lächelte; sie dachte wohl, so arg werde es wahrscheinlich nicht gewesen sein. Herr Blatter sagte: „Ach, ich sage Ihnen, es war sehr gemütlich...", stieß mich mit seiner Pfeife an, zwinkerte und plauderte von einem reizenden Stück Strand mit blühendem Schilf auf der Reichenau; in das hatte der Dichter sich verliebt, weshalb es schwierig war, ihn von dort wegzubringen. – „Sie wissen nicht, was ich durchgemacht habe!", rief seine Frau aus. Jetzt aber

wohnten sie hier in einer hübschen Villa bei einem rotbackigen Major, wo kein Stallduft zu spüren war, dafür aber der warme Hauch des abgemähten Grases aus dem Garten in die Zimmer wehte.
Wir waren dann auch einmal dort. Ich badete mit den zwei Buben unten am Bootshaus, schwamm hinaus in den See, auf dem jetzt weiße Schmetterlinge lagen. Und mit dem Geruch von Fisch und Schilf wehten die ersten spröden Weidenblätter auf das Wasser. Wenn ich im Schwimmen innehielt und zurückschaute, sah ich meine Mutter bei dem Bootshaus stehen und mir winken. Ich schwamm zurück, nur mit spitzem Finger gab ich ihr meine tropfende Hand, aber sie griff fest danach und strich mir auch das nasse Haar aus der Stirn. Sie fragte: „Du denkst jetzt nimmer an Lion?" Und während sie nach meiner Wunde schaute und mir das Pflaster am Hals zurechtdrückte, sagte sie: „Ich meine, du schaust jetzt geheilt aus."
Ich lächelte, aber sie schaute mich nicht an: sie ordnete nur das Pflaster; dann wurde sie nachdenklich. Und als wir nachmittags im Motorboot mit Blatters nach der Reichenau hinüberfuhren, sah sie öfters auf den See; oder sie pflückte auf der Insel Blumen, heftete sie sich mit einer Silbernadel an die Bluse und fragte mich, ob sie ihr stünden. Sie war auch mit den Kindern lustig und blies ihnen die fliegenden Samensternchen der Löwenzahnblüte ins Gesicht oder boxte mit den Buben in der Wirtschaft, wo wir dann zu Abend aßen. Nachher gingen wir noch an den Strand hinunter. Herr Blatter setzte sich ins Gras und rauchte. Einmal drehte er sich um und fragte, ob das nicht schön sei; und als ich den Platz lobte, trium-

phierte er damit vor seiner Frau. Sie zog dann hinter einem Busch ihr Kleid aus und setzte sich im rosa Unterrock in die scheidende Sonne, wobei ihr das schwarze Haar zigeunerähnlich in die Stirne hing. Meine Mutter lächelte, als sie es sah. Die Kinder patschten im Wasser herum, und auf dem Weg zur Schifflände, wo wir im hohen Schilf hintereinander gehen mußten, küßte, als ich mich einmal umwandte, Herr Blatter seine junge Frau.
Am andern Morgen traf ich im Insel-Hotel wieder mit Lion zusammen. Sie sagte, sie würde sich jetzt gerne in die Sonne legen, und wir gingen nach der Badehütte, wo wir auf der bretternen Plattform vor den Kabinen dann zwei Liegestühle für uns mieteten. Lion war nett zu mir, ich mußte ihr den Rücken mit Hautöl einreiben, und meine Mutter kam und fragte, ob sie sich zu uns setzen dürfe. Wir machten ihr Platz, und sie versuchte eine Gespräch; doch es ging mühsam, weshalb sie dann bald wieder aufstand und mit starrem Lächeln Adieu sagte.
Als sie weggegangen war, zeigte sich Lion verändert. Sie meinte, wenn ich ihr etwas erzählte, ach, das habe sie schon mal gehört, ich müsse es mir angewöhnen, nichts zweimal zu sagen; das sei nur eine Sache der Konzentration. Und übrigens, sie habe auch einem Bekannten nach München geschrieben, der komme heute oder morgen. „Der Junge, der jetzt kommt", sagte sie, „der ist einmal nach einem Faschingsfest durch die Isar geschwommen. Allerdings war er betrunken... Wissen Sie: vom Sekt", fügte sie hinzu, als wolle sie meinen Abscheu erregen. „Und, denken Sie: Der ist mein Freund!", sagte sie und stand auf. Dann holte sie sich im Hotel das Buch *Victoria* von Hamsun und las bis gegen Abend. Als sie damit

fertig war, dehnte sie die Arme und ließ sich zurücksinken in den Liegestuhl. – „Ich find es ausgesprochen scheußlich hier", sagte sie und stand auf. Sie ließ mich spüren, daß es auf mich ging, was sie sagte. Sie war jetzt meiner überdrüssig, und ich war ihr gleichgültig geworden, was so viel bedeutete, wie wenn sie mich gehaßt hätte. Aber nach dem Abendessen suchte ich sie trotzdem. Ich fand sie vor der Badehütte, wo sie sich auf das Geländer gesetzt hatte; sie schaute auf den dunkeln See. Ich ging zu ihr, obwohl ich wußte, daß ich ihr unangenehm war. Als ich zu ihr trat, ließ sie sich vom Geländer gleiten und ging zum Ufer. Dort beugte sie sich übers Wasser und betrachtete das bläuliche Licht eines Leuchtkäfers, der an einem Grashalm hing. Dann machte sie eine fast zornige Bewegung gegen mich und wollte etwas sagen, ließ aber ihren Kopf zurücksinken und fragte, ob ich jetzt nicht Schach spielen wolle. Und so gingen wir halt wieder in das Lesezimmer.

Wir saßen bereits eine Zeitlang dort, im Ecksofa vor dem Schachbrett, als plötzlich die Tür ging und der Kellner einen jungen Herrn im gelben Überzieher hereinführte und sagte: „Hier ist die Dame." Lion stand auf, umarmte ihn. Er war ein hochgewachsener, breitschultriger und blonder Mann mit blitzenden Zähnen. Die Leute schauten sich um, weil sie so laut war. „Und daß du gerade jetzt kommst!", rief sie aus und stellte ihn mir flüchtig vor; sie nannte ihn René. Sie sagte, ach, ich nähme es ihr doch nicht übel, wenn sie jetzt fortgehe, wir würden die Partie ein andermal zu Ende spielen. Ich räumte die Figuren in die Schachtel, die Finger preßte ich dabei fest an die harten Kanten. Dann ging ich noch etwas spazieren. Ich legte

mich in ein taunasses Kleefeld draußen vor der Stadt und schaute in den lichtbesäten Himmel. In meinem Zimmer hatte ich das grelle Deckenlicht noch lange eingeschaltet. Ich war dann hie und da mit Lion und René zusammen, wenn es sich zufällig gab. Ich tat das auch der Leute wegen. Und dann liebte ich es, in mir alles zurückzudrängen und nach außen nicht zu zeigen; es genügte mir, ich hatte innen etwas durchgemacht. Ich war freundlich zu ihnen. Einmal kamen sie mir Arm in Arm entgegen, und Lion fragte: „Könnten wir nicht Geschwister sein?" Ich bejahte es. Oder sie aßen auf der Terrasse Trauben, winkten mich herbei, und schenkten mir viele. Aber das war dann schon gegen Ende unseres Aufenthalts am Bodensee.
Ich schrieb an Albert eine Karte, daß wir hier in Konstanz seien, und er lud uns ein. Wir stiegen an einem milden Tag in den Zug, der nach Württemberg hineinfuhr. Und als wir in der alten Stadt ankamen, wehten meiner Mutter auf dem sonnigen Bahnhof Nachsommerfäden ins Gesicht.

(geschrieben 1937)

EDITORISCHE NOTIZ

Die Erzählung „Jugendtage" von Hermann Lenz erscheint als vierzehnte Publikation der Reihe refugium im Verlag Thomas Reche, Passau. Die einmalige Auflage des Buches beträgt vierhundertfünfzig numerierte Exemplare. Die ersten einhundertfünfzig Bücher wurden für die Abonnenten der Reihe vom Autor signiert.

Dieses Buch trägt die Nummer: 272

DIE REIHE REFUGIUM

Jährlich sind drei bis fünf Neuerscheinungen geplant. Da die Auflagenhöhe der Publikationen limitiert ist, empfiehlt sich ihr Bezug durch ein jederzeit kündbares Abonnement. Im Abonnement erhalten Sie die Bücher im Preis reduziert; alle mit einem Stern gekennzeichneten Editionen sind nur noch für neue Abonnenten lieferbar. Schreiben Sie an den

Verlag Thomas Reche
Maximilianstraße 1
8390 P a s s a u 24

Nr. 1: **Hans Dieter Schäfer**, Heimkehr, Gedichte
(nicht mehr lieferbar)

Nr. 2: **Hermann Lenz**, Der Käfer und andere Geschichten
(nicht mehr lieferbar)

Nr. 3: **Otto Sammer**, Gezeichnete Briefe, Zeichnungen und ein Gespräch mit Thomas Reche
(nicht mehr lieferbar)

Nr. 4: **Werner Gerl** und **Stefan Greger**, Lila Zeiten, Gedichte, illustriert mit Tuschpinselzeichnungen von Otto Sammer
(nicht mehr lieferbar)

Nr. 5: **Hubert Schirneck**, Was immer uns trägt, Gedichte mit zwei Originalholzschnitten von Heinz Stein, Nachwort von Günter Kunert *

Nr. 6: **Hans Dieter Schäfer**, Mein Roman über Berlin, Prosastücke und Gedichte *

Nr. 7: **Ernst Jünger,** Am Kieselstrand, zwei Essays mit fünf Originalholzschnitten von Heinz Stein *

Nr. 8: **Siegbert Hein,** Sonntägliche Ortsbegehung, Prosastücke mit vier Originalholzschnitten von Alfred Pohl, Nachwort von Günter Kunert

Nr. 9: **Peter Liebl,** Dunkle Flecken, Gedanken zur Malerei *

Nr. 10: **Ernst Jünger,** Serpentara, Erzählung, illustriert mit sechs Originalholzschnitten von Alfred Pohl *

Nr. 11: **Hans Wimmer,** Lady, Pferdebriefe an ein junges Mädchen

Nr. 12: **Günter Kunert,** Morpheus aus der Unterwelt, Erzählung, illustriert mit drei Originalholzschnitten von Heinz Stein

Nr. 13: **Alfred Pohl,** Querschnitte, Texte aus dem Leben eines Holzschneiders, illustriert mit zwei Originalholzschnitten

Nr. 14: **Hermann Lenz,** Jugendtage, Erzählung

Nr. 15: **Otto Sammer,** Fragmente aus einem Mittelmeerzyklus, zwanzig Tuschpinselzeichnungen
(in Vorbereitung)

Alle Rechte bleiben beim Autor. „Jugendtage" wurde von Hermann Lenz 1937 geschrieben und erstmals in *Merkur. Deutsche Zeitschrift für Europäisches Denken,* Heft 2, 37. Jahrgang, Stuttgart 1983 gedruckt.
Druck des Umschlags und des Innenteils: CH - Druckerei, Regenburg. Satz: Thomas Reche. Erschienen im Februar 1993 im Verlag Thomas Reche in Passau.

Die Deutsche Bibliothek – CIP-Einheitsaufnahme

Lenz, Hermann:
Jugendtage : Erzählung / Hermann Lenz. – Passau : Reche, 1993
(Reihe Refugium ; 14)
ISBN 3-929566-01-X
NE: GT